나무는 나무를

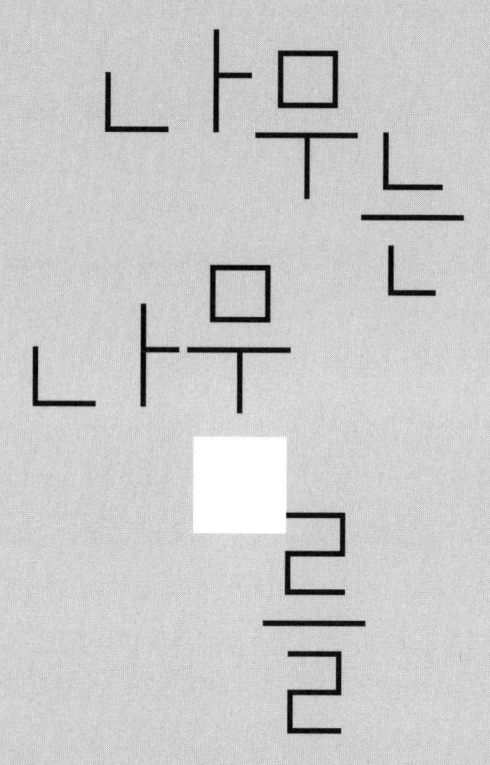

나무는
나무를

시인수첩 시인선 036

이병일 시집

문학수첩

사람과 사물 그 사이에 숨어 있는 아름다움을 있는 그대로 그려 내는 일이 시라고 믿었다. 어머니는 사물을 잘 보려면 몸이 먼저 어두워져야 한다고 말했다.

오늘도 이것저것 굼뜨게 뒤적거리다가 줄곧 시를 생각한다. 진부함과 돌연함 사이에서 무너지지 않고 다시 시작할 수 있다는 것은 성스러운 일이다.

내 속물근성을 무용한 것으로 만드는 아내와 나는 구름 사다리를 잘 타는 아이와 술래잡기 놀이 중이다. 내 나이 마흔, 나는 시의 술래!

이병일

| 차 례 |

시인의 말 · 5

피자두 · 13

나무는 나무를 · 15

가을비 · 16

진관사에서 · 17

거머리 소년 · 18

고사목 · 20

붉은빛의 거처 · 21

절망에 바치는 송가 · 22

나무 소년 · 24

물병 · 25

생태에 젖은 뱀들의 피 · 26

물그릇의 기도 · 28

동백과 고라니 · 30

장도리와 못 · 32

천렵(川獵) · 34

개기월식 · 36

여우의 후일담 · 38

향고래 · 40

사냥꾼의 후예 · 42

낮에 생긴 피 · 43

신보트피플 · 44

계단식 논의 수력학 · 46

침보라소 · 48

팥 · 50

발 · 52

족제비 꼬리털의 구언(丘言) · 54

외면 · 56

백운 · 57

꽃잎, 꽃잎으로 · 58

불개와 달 · 60

조용한 이야기 · 62

일각고래 · 64

아무르호랑이의 쓸모 · 66

바위 많은 설악에서 · 68

곰나루의 큰 돌 · 70

흰소의 산책 · 72

백사슢 도롱뇽 · 74

은도끼 금도끼 · 76

당분간 · 78

굴뚝 숭배자 · 79

불과 꽃과 잉어의 시 · 80

소나기 정물 · 81

파랑새가 된 사람 · 82

멧돼지와 달의 파수 · 84

끝없는 여름 · 86

들장미 · 87

한 오라기의 존재감 · 88

곡우(穀雨) · 90

홍어의 시 · 91

나의 지붕 · 92

마지막 제의 · 94

얼음새꽃 · 96

극야 · 97

설경 · 98

해설 | 전영규(문학평론가)
녹명(鹿鳴)에서 적명(赤命)으로 · 99

피자두

우리는 땅을 이야기할 때 피자두나무를 찾곤 했지
등골 찢긴 장수풍뎅이가 먼 데에서 와서 죽듯
피자두가 깨져도 아무것도 문제 될 것은 없지만
나는 왕잠자리처럼 하늘을 먹고 차지하는 향을 문질
렀다

냉(冷) 신고 온 우박 떨어지자 낙과는 어디쯤 와 있을
까?
만져 봐도 곁에 없는 어떤 영혼이
피 흘리면서 잎사귀 사이사이로 피자두를 매달고 있을
까?
낮게 걸린 양떼구름이 피자두나무를 물어뜯더군
상처는 벌과 나비에게 물병을 나눠 주더군
날고기 비린 춤을 위해 등에가 날아오더군

우리에게 피를 주고 공중을 높이 치켜든 저 피자두나
무
언제부터 저 몽환의 불을 '피자두'라고 불렀는지

그녀

왕의 제물고 나와 기우등, 혈관에서 피가 나고 제물로 양야버리

나무는 나무를

나무는 나무를 지나 커다란 물항아리로 앉았죠
꽃과 열매를 다 잊고 골짜기에서 짐승과 한철,
겹겹 산 능선을 이루면서 지친 기색도 없다지요
나무는 나무를 지나 죽고,
죽은 후에야 그루터기란 이름을 가진다고 해요

온화하게 산과 강을 건너는 저녁을 삼킨 나무
오늘은 신발 벗어 두고 달의 핏자국을 만져요
나무는 천둥새를 쫓아온 사냥꾼인데요
뉘우침도 많아서 왜 여기에 왔는지 금방 잊고요
첫서리에 제 혼이 핏빛으로 지나간다고 잎을 벗죠

가을비

저 일몰 끝, 씻으면서 씻기는 것이 있다
쌍무지개 띄워 놓고
반지르르한데 까끌까끌한 몸을 가진 것이 있다면
하동 긴 골짜기
금모래 먹고 자란 재첩 채는 소리, 아닌가

손바닥을 개켜 문대니까 두껍고
손등으로 냅다 쓸어 문대니까 얇다

물큰 가을비 냄새, 와글와글하였다
북쪽 상류에 있는 아버지 무덤까지
잘도 가닿는다 그러나 안온하게
일렁이는 물비늘 미간에 잔뜩 붙여 놓은 어머니
오므라진 손으로 눈가를 닦고 저녁을 내다본다

진관사에서

진관사 외진 방, 빗소리 곁에 두고서 내 것 아닌 것을 생각한다

더러운 것들 몸뚱이에 두르고 와서 그 어디에도 버릴 수가 없다

우연찮게 앵두의 그것처럼 탱글탱글 익어 가는 빗줄기를 보면서

밥 생각 없이 구운두부 찜을 먹었다 좋아라, 피가 돌고 숨이 돌았다

두부 자체가 간수인데 몸에 붙은 흰 그림자 잔뜩 으깨진 것이 보였다

거머리 소년

조약돌로 눌러죽일 거머리가 보이지 않는다 이제 조약
돌 외엔 거의 다 죽은 듯하다 흐르는 것이 없으니, 떼죽음
당한 것들이 불신과 부패를 삼키려고 입을 크게 벌린다
그렇다고 텅 빈 늑골에 쉬파리가 날아오는 것도 아니다

물소리를 딛고 일어서지만 살아갈 묘책이 없는 거머리,
의연하게도 시퍼렇다 벼락과 천둥이 물을 찢는 오후이지
만 거머리는 찢어지지 않는다 도살장의 피가 흐르던 하천
인데 수렁도 없이 허연 거품만이 끓어오른다

컴컴한 데로 와서 차고 비린 것을 쫓는 거머리, 아무것
도 아닌 물질로 변해 간다 이제는 개흙처럼 내일의 맑음
이 없다 거머리의 피로 제 낯을 씻는 하천은 까맣게 아름
다운 거머리의 입이 어느 쪽인지 모른다

보석처럼 죽은 거머리이지만 나는 거머리 생각에 젖는
다 아직도 피 빨리고 있을 종아리가 몹시 가려워진다 그
때 나는 거머리 속으로 들어가서 피 흘림도 없이 거머리

가 진 소님을 생각한다

고사목

초록빛을 물고 온 쥐, 바위굴에서 나온 뱀
더 이상 물러지는 일이 없다
속과 겉의 골격인 침묵을 지켜 가면서
언젠가 무엇으로 바뀔지도 모르면서
뜯어먹을 것이라곤 노을밖에 없다면서
벌거벗고 지내는 여름밤에도 죽어 가는 것을 생각한다

해발 1,806m의 찬 공기를 찢는 고사목
금간 얼굴 쪽으로 칡넝쿨이 손을 놓고 꽃을 놓는다
곁에 두고 있지만 죽음이 없다는 듯이
절벽과 능선을 갈마들다 막 돌아온 수리부엉이
고사목에 완강하게 앉아 부리로 숨을 찢어 먹는다
오래 살아남기 위해서 돌산으로 깊이 들어와 있다

붉은빛의 거처

찰수수 대가리마다 양파망이 씌워져 있다
가을이 이렇게 가까이 와 있지만
눈 밝은 새들만이 빛이 눕고 저녁이 눕는 자리를 안다

고추잠자리 많은 동네엔 모기가 들끓었으므로
하늘에 없던 별자리가 외진 몸의 광휘가 되었다

흘러가는 것들이 잘 보이는 수수밭엔
정신없이 돌 속으로 들어가 죽는 뱀도 있고
울음이란 뼈를 안고 잠드는 벌레들도 있다

환하지 않아도 물소리 깊은 밤이 마른침을 삼킨다
으레 깨져서 붙여 놓은 새끼발가락은 아직도 보랏빛이다

독니 가진 것들이 매일 바퀴에 깔려 죽었지만
붉은빛은 끝도 없이 목 가진 것들을 비틀어 꺾는다

절망에 바치는 송가

"여기서는 슬픔 금지예요. 우울해 보이면 다시 배를 못 타거든
요. 선주들은 우울한 사람이 선상 폭동을 일으킨다고 생각해
요."('KBS스페셜—슬픔 금지, 참치사냥꾼 40일의 기록')

배 위에서 녹아 흐르는 것은 살아갈 용기다
참치가 잡히지 않는다고 투덜거리는 사람은 없다
밤에는 오징어를 잡고 그 오징어로 참치를 잡는다
태양은 딱딱하지만 참치 생각만으로 한여름을 견뎌야
한다

가깝고도 멀리 있는 참치의 초록빛 눈알을 생각한다
그러니까 처음부터 어리광과 눈물마저 증발시키고
저 뱃길 위의 갈매기 떼만 바라보며 신물 나도록 늙어
가야 한다
낙담은 횟배보다 더 무서운 짐승이니까
나는 그저 맨손으로 낚싯줄을 감았다가 풀고 또 감았
다가 풀고
그렇게 질리도록 참치 이야기로 몸이 어두워져야 한다
아니,

마른 오징어만 뻔질나게 씹는다 미간이 잠시 접혀진다
접혀진 곳마다 파랑무늬가 차고 그늘이 고인다

손등에 흐르는 피와 낙조와 절망은 사촌지간도 아닌데
반바지 추켜올리는 나의 저녁에 붙어 있다
앙앙 빛나다가 부서지는 것들 속에서
오늘도 눈에 띄지 않는 참치 생각에 바다는 입을 닫았다
그러나 꼭지 돌고 정신이 으스러질 즈음
청새치가 나의 심장 왼쪽을 찔렀다 툭툭 피가 끊긴다
그건 소소한 절망도 아니라니까
그때 나를 꾸짖고 나무라는 참치의 바다가 비참을 씻어
준다

나무 소년

기린은 눈뜨고 처음 맞는 밤을 건너서 왔을 것이다

홀로 잠들기가 무서워서
하늘 높이 뜬 흰구름과 별자리를 긁고 왔을 것이다

발굽에 묻은 진흙을 털면서
산길 오백 리를 쉬지 않고 걸어왔을 것이다

그때 물 한 바가지 모아 둔 나무 소년은
피 흘리는 기린을 외면할 수 없어
큰 눈 가득 들어 있는 산해경을 꺼내 읽는다
기린이 쉬는 자리마다 꽃 돌 비단이 깔린다

나무 소년은 입을 꼭 다물고 기린에게 뜬긴다
그늘이 곁에 와 서서 형형한 새벽을 핥아 준다

물병

점술사는 말의 피로 구름과 이야기하고
왕버들나무와 돌과 들판을 가리켜 물병이라 했다

금개구리 목울대 하부엔 강이 있다고 했고
말의 눈엔 지상을 여행하는 빗소리가 고인다고 했다

풀로 자란 천둥 밑엔 꽃과 뱀도 제 발등을 찧어 울고
물결무늬 접은 수달의 집을 가리켜 물병이라고 했다

입술을 가진 것들이 촉으로 녹아 흐르면
물병의 물을 따르는 입구가 보인다고 했다

생태*에 젖은 뱀들의 피

뱀은 결벽증이 있어 허물을 벗고 독니를 키운다고 생
각한다

주저리주저리 혹은 무심하게 우글거리는 것들아
꽃은 차고 비늘은 까무러치게 징그럽지만
뱀은 제 몸의 물불을 탄주하듯 그렇게 후까시를 밀어
넣는다
좌우를 쉽게 인지하는 눈동자와 혀끝에서는 불꽃이
인다

하늘과 땅 사이를 오가는 적을 삼키고
아직 피가 흐르고 있어 다치고 서러운 것들아
뱀은 차고 미끈한 영혼을 벗어 두고 가라고 말한다
밟으면 꿈틀거리는 길마저 무연하게 뱀 그림자로 숨
는다

해 지고 어두워지면 쥐똥나무 울타리에서 몸을 비트
는 것들

딱하다는 눈총 대신 미간에 힘을 주고 갈데없이 불운
을 노린다
불행하게도 축복은 어느새 물기 많은 뱀
선을 넘지 못한 서른다섯 마리의 뱀
한낮에 잠들지 못하는 혈통이니까
푸르고 붉고 까만 꼬리들이 그냥 쏟아져 나온 거다

직면한 증오들이 그대를 용서하려고 꿈틀거릴 때
사랑으로 존속했던 것들아, 한데 엉킨 뱀이 되자
생태에 젖은 뱀들의 피는 더울 것도 없이 깜박거린다

* 천경자(1924~2015), 〈생태〉(1951)의 그림이다.

물그릇의 기도

추석 앞두고 지진만 왔다 가는 것이 아니다
지린내와 얼룩 묻은 옷가지의 몸은
깃털인데 아직은 늑골 뼈가 곧은 아버지 모시고
목욕탕엘 왔다

어깨와 허리와 가슴이 쩍쩍 버찌같이 불거져 있지만
물보라 뒤집어쓰니, 밤새 만든 열병이 혼자 빠져나
온다
쇄골과 허벅지 안쪽, 온전한 곳만 물이 고인다
몸에 난 저 물그릇, 삶의 부유물로 잠잠 맑아진다

얼마나 많은 그릇이 있어야 거짓 없는 몸이 되는 것
인지
한 겹 더 그늘지고 숨을 잇는 시간만이
추석 앞두고 산골짜기 억새밭으로 가는 길을 일러준다

반쯤 감긴 눈, 손톱으로 붐비는 저승빛 앞에서
사그락사그락 옆구리 때를 미는데

좋았다

줄넘기 때 땀이 났기 때문에 등에가지 온 셔츠에 땀이 배든 기억이

동백과 고라니

각을 세우는 늦추위는 허공을 달리지 않고
허공을 겹겹 봄눈으로 긁는 중이다
雪花에 기대어 사는 것들은 발자국을 지닌 짐승인데
으깨진 것들은 붉은빛으로 발견되었다
귀가 먼저 걷고 울음을 보고 걷는 고라니 가계(家系)엔
발굽이 거느리는 동백꽃이 온기로 배어 있다고 했다

흙냄새 산모롱이 쪽에서 툭툭 털어 내는 소리가 난다
동백은 붉음으로 절기를 잠재우는 나무이지만
북방으로 가기 위해 고라니와 몸을 바꾼다고 했다

안온과 분주가 잔기침을 뱉고 툭툭 불거질 무렵
그냥 동백은 고라니 등에 슬쩍 올라타 보고 싶은 거다
도깨비바늘도 아닌데 새까맣게 달라붙어 달리고 싶은
거다

첫 발자국을 떼는 동백, 발굽에 창(窓)이 달려 있어
이역(異域)까지 숨 녹아 물 빠지는 소리를 들을 수도

있다

  항문 괄약근을 밀어내면서

  절개지 하나 무너트리면서

  산과 강과 절벽이 신성하도록 외진 길로만 흥(興)을 낸
다

  그러나 산맥을 끼고도는 검은 속도를 피하지 못했으니

  빳빳한 짐승으로 돌아와 꽃잎으로 눕는다

  산산이 찢어진 비명, 절뚝거리다가 적막에 닿았을 것
이다

장도리와 못

참 오래 쓰는 물건이군, 장도리
대가리 가득 녹이 슬었지만
아직도 연장통을 지키고 서 있소

장도리는 양철지붕에 박힌 못을
한동안 잊고 살았소
지붕 새 못 뜨도록
못대가리 무시로 꺾어 휘게 했소

어제는 돌풍 일고 벼락 치는데
머리채 흔들던 양철지붕은
딴 세상 꿈꾸고 있는지 금세 날아가 버렸소

차일피일 미룬 어느 가을날이 되어서야
나는 서까래 옛소나무에 바람을 치고
새지붕을 입히오
장도리질의 처음을 잊어서는 안 되오

나는 못대가리에 침 바르고 마침표 놓았다오
바람 많아 장도리질 잘 되지 않지만
그렇다고 난간을 무서워하면 안 된다고 생각했소
아버지의 장도리질을 닮고 싶은데, 쉽지 않더이다

한나절, 장도리와 못으로 급히 손볼 곳만 덧대었소
참, 아버지 계셨다면 얼굴 붉도록 고함을 질렀을 것이오

천렵(川獵)

강은 제 몸 구겨 넣지 않고도 퍼런 현기증으로 깊어
진다
가장 미끄러운 달이 물비늘을 데리고 수면을 쑤시고
있다

물결 높이로 떠 있는 달, 지느러미 없어도 잘 미끄러
진다
이렇게 깊은 밤, 물속에서 여자가 걸어 나온다
이렇게 맑은 밤, 물속에서 여자가 걸어 나온다

물고기 여자는 겁이 많았고 비린내가 많았다
나는 그 여자와 결혼하기로 마음을 먹었다
너무 미끄러워 거품이 일곤 했지만
나는 아가미에 물 흐르는 소리 끊길 때까지 사랑을 나
눴다

물속으로 놀러 가고픈 날씨 속에서 사내아이 둘을 두
었다

물에 잘 뜨는 아이들 귀밑에서 아가미가 자랐다

그걸 가리기 위해 머리를 길렀다 그러나 손과 발에 생긴

물갈퀴는 숨기지 않았다 이미 물속을 딛는 부레를 얻

어 왔으니까

아이들은 바위 밑에서 발끝으로 물 아닌 것들을 그리

며 놀았다

한데 여자는 천만년이 흐르는 강에서 비늘 없는 짐승

이 되고자 했다

강 바깥으로 밀려 나온 나는 저 물고기 여자와 아이들

을 그리워한 죄로

반짝반짝 울음을 꺾었다

나는 천렵을 노래하는 모래언덕이 되어야만 했다

개기월식

나는 푸른 밤의 공기를 훔쳐 먹고 살아가는 구렁이
달은 씹어도 씹히지 않으니까 삼켜야 한다고 믿는다

달은 높거나 낮고 깊거나 넓은 환상의 빛을 지녔지만
여전히 빨강과 노랑 사이에서 짐승 냄새를 풍긴다

저 달을 먹고 아랫배를 돌에 문지르면 불이 났고
그 힘으로 허물을 벗었다 그 순간이 가장 캄캄했다

성냥불 눈동자로 나는 몸 밖으로 나간 영혼을
기화된 용의 기억을 피 없이도 꺼내 읽는다

재앙조차 갖지 못하고 나는 또 푸르러질까 봐
수박과 함께 썩는다 달이 물질이 아닐까 봐 두렵다

기도하는 손이 삐져나왔지만 상처가 아름답지 않았다
울긋불긋 물든 달과 수박이 내 옆으로 나란히 누웠나
보다

내 몸에 난 물결무늬가 꿈틀거린다 나는 아직 살아 있다
파국으로 치닫는 달과 뱀과 수박은 붉은색에 젖어 있다

여우의 후일담

밤새도록 깨어 있는 여우는 달이란 유골단지를 파헤쳤
지만
오소리굴과 지네와 독초와의 놀이는 까맣게 잊지 못
했다

코밑과 털끝과 첫 발자국의 힘줄이 거뭇거뭇해질 때
아직 운명은 툭툭 피와 오줌으로 영역을 긋고
꽃가루 냄새 틔우는 검은 아랫도리를 잠그지 않았다

산앵도나무 꽃잎이 땅 그늘에 산불을 지르듯
불길 높이로 꼬리를 벗어던지는 설화 속에서
여우는 피범벅이 된 턱뼈로 컹컹 봄밤을 떠오르게
했다

저 심산유곡 앞에서 여우는 귀를 꼿꼿하게 깎는다
이끼 낀 조약돌을 밟듯 그냥 침 한번 삼키고
물소리에 젖어 녹는 발자국이 북쪽으로 가고 있는지
울음을 두 번 건넨다

뱀 껍질 언뜻 비치는 환한 달밤

여우는 발자국도 없이 산앵도나무에 달린 것을 물고

다시 경중경중 환생해도 즐거울 것은 없었다

무심코 만져지는 아홉 개의 꼬리가 아름다운 것인 줄

몰랐으니까

향고래

향고래는 죽기 전까지 몸에 우물을 파고, 잔별이란 이
끼를 키운다
우물엔 인화성 물질이 고인다는 낭설이 흐른다 그걸
경랍(鯨蠟)이라고 했다

북극해의 중력 따위는 잊은 채로 유영하거나 천안(天
眼)으로
민첩한 것들을 쫓거나 날개 없는 수평선을 눈자위 밑
에 키운다

종말 따위는 플랑크톤과 어류에 있다고 커다랗고 조용
한 눈으로 말한다
제 피와 소화기관이 또랑또랑하도록 얼음바다 깊이 잠
수한다
그때 음역(陰易)으로 상처를 치유하고 출렁이는 평화에
젖기도 했다
숨 크게 들이쉬자 쌍떡잎 물줄기로 표류하는 무지개를
뱉기도 했다

소설 '백경'에서 난데없이 유명해진 50톤의 이빨고래이자

아귀들이 우물우물 뜯기 좋아하는 일자(一字) 뼈를 가지

고 있다

하지만 분명한 것은 번개 치는 운명을 끌고 동화 세계로

가 버렸다

너만큼 오래된 바다는 없었고 또한 변함없이 울창하고

자유로웠다

사냥꾼의 후예

코만 깨진 것이 아니다 멧돼지 어금니에 찢긴 발바리
는 죽지 않고 사냥만을 생각한다 한쪽 다리와 한쪽 눈
을 어떻게 잃었는지 기억조차 없다고 단호하게 달려든다,
누가 봐도 불구이지만 물불 가리지 않는 저 성질 때문에
오늘도 멧돼지는 숨을 끌끌 차면서 죽는다

눈빛이 흐려질 때까지 발바리는 멧돼지의 목줄을 뜬
다 벼락처럼 어금니에 갈린 내장마저 끊어 내고 덤빈다
저 작은 주둥이로 피의 저녁을 침묵시킨다 목숨이 가지
않는 길을 흉터로 새기는 발바리지만 눈빛과 싸우다가
천천히 숨을 내뱉는 것도 있다

싸움엔 시작도 끝도 없으니 발바리는 멧돼지 눈마저
파먹어 버렸다 이토록 길고 질긴 목숨 따위야 불안이고
지옥이라니까! 멧돼지 목줄을 쑤시던 주둥이와 저 결곡
한 눈동자에서 나는 사냥꾼의 후예를 읽는다

낮에 생긴 피

등나무의 和色이 가장 어두워지는 순간
보랏빛 꽃들이 벌집을 데리고 왔다
두통과 채기가 있는 하늘도 데리고 왔다

낮잠이 오지 않았다
두 눈을 꼭 감아도 닿지 못하는 호칭이 있다
낮달에 다래끼 돌 즈음
뜻밖에도 되바라진 벌침이 안부를 물었지만
운운할 반성이나 약속도 없었으므로
나는 낮에 생긴 피를 조금밖에 쓰지 못했다

신보트피플*

　전세와 월세의 난은 이길 수가 없으니 목줄 잡힌 집에
걸려 넘어진 자들은 이제 물 위에 낮과 밤을 세운다

　67km의 템스강이 흐르는 런던에서 와탈된 것은 뭍에
두고 온 뒷모습 혹은 의식주이지만 되레 걱정할 필요는
없다 알량한 보트와 160km의 운하는 아주 작은 불면증
으로 깨어 있으니까

　강물이 데리고 산책하는 불빛은 타지 않고 물결 아래
로 빽빽해진다 우리는 이곳저곳 기웃거리는 물거품이 아
닐까 별별 쓰레기들이 일순 밀려 나오는 강변, 염라대왕
보다 무서운 것은 집 없는 비애가 아니다 결별할 수 없
는 정화통을 손수 비우는 일

　이제 물고기들은 보트를 피해 발버둥치고, 우리는 강
변에 정박하기 위해 쓰레기와의 전쟁을 벌인다 잠시 직
립의 자세를 잊고 아가미와 물갈퀴 달린 언어를 생각한
다 잠 속으로 성에와 물멀미가 쏟아진다

그 부른다.

* 마음기에 지속적 자극 매일이 보여서 생활하는 이들을 신비트게불으킨다.

계단식 논의 수력학

빗줄기를 써레질하는 논물 속의 하늘이 찢어진다
사방이 깨진 물거울이다
파랗게 혹은 흙탕으로 부서진 물의 초침들도 있다

땅을 딛지 않는 바람새에게
공중의 잠을 가르치는 미루나무 그림자가
깊게 내려와 있다 흔들리는 물결과 함께 바람을 탄다
그때마다 더운 공기들이 진흙을 밀어 솟구치고
물은 미라가 될 수 없으니까 자꾸 아래로만 흘러간다
흐르는 사람들과 함께 나날이 엷어지기도 했다

저 아름다운 계단식 논의 水力學 속에서
물수제비 비행으로 두근두근 날아가는 잠자리와
물갈퀴도 울음 주머니도 퉁퉁 불어 터진 개구리가 쏟
아진다

흙 묻은 발목이 저리지만
계단식 논이야말로 비를 모시는 신전이고

물의 법만이 있다고 믿는 사람들
정작 흙과 하늘과 나무는 수맥에 숨어 있지만
아무도 모른다

영원히 죽지 않는 저 시계,
시끄러운 물로 가득 차서 물꼬가 터질 때
온갖 것들은 몸을 휘 더듬는 물빛이고 물소리로 돌아
간다

침보라소*

── 만년설은 끝까지 흰빛이고자 아주 잠깐 골짜기를 바람
으로 덮고 아주 잠깐 골짜기를 눈보라로 덮고 아주 잠깐 골
짜기를 풀밭으로 덮고 한낮에도 어두운 물소리로 발자국을
찍는다네

저 물빛을 쫓아 침묵을 삼키고 지평을 넘는 얼음장수
　구름털이 따가운 당나귀의 입이 되고 발이 된다고 했
네
　오래 쓰고 곱게 쓴 곡괭이로 죽을 만큼 힘을 쓰고
　바위를 밀어내고 흙을 파고 빙하를 찾는다네
　얼음은 아픈 곳을 낫게 해 주는 신앙
　짐승과 사람을 새것으로 반짝, 바꿔 놓는다고 했네
　절벽은 외면할 수 없어서
　한참씩 기도를 하고
　한참씩 이쪽저쪽 잘 통하는 바람으로 낯을 씻는다네
　흙빛 얼굴이 되어야 산사람이지
　고산증도 없이 쉬어 가는 자리마다 피는 물비늘을 보
았네
　당나귀 걸음걸음마다 고갯길은 엎드리고

돌밭은 처음 올 때 입었던 비단 빛깔이라네
거기서 길 한 번 잘못 들면, 저쪽 사람이 되고
해발 5,000m를 다시 돌아와야 이쪽 사람이 된다네
얼음장수 발타사 우쉬카**, 나의 할아버지
등뼈로 길과 잠을 열고 닫는 당나귀를 사 주었네
나는 발굽 끌며 흰구름 꼭꼭 밟아 주라고
침보라소라는 이름을 지어 주었네

---

* 적도에 위치한 해발 6,268m의 산.
** 적도의 마지막 얼음장수.

팥

나는 팥을 쒀서 밤과 낮을 만드는 사람이지요
팥은 팥이 되는 일에 교교하게 몰두 중인데요
불과 흙에서 구워져 나온 돌이면서
불구죽죽하게 햇볕과 바람과 이슬을 쬐지요
오래된 맑음을 등지고 잠을 자면서도
흐린 날이 인도하는 침묵으로 반짝거리지요

나는 팥 속에 뭐가 있는지도 모르면서
팥을 솥에 안쳐요
팥 익는 냄새로 음울함을 난연하게 달래지요
땅 위에 사는 것들은 팥의 껍질과 붉은빛이
오장육부의 피를 틔우고 귀신을 쫓는다고 말하죠
불길한 욕망도 팥빛 앞에서는 낙천적으로 바뀌죠

가죽자루에 담긴 팥빛은 텅 빈 골짜기 하나를 파네요
거기 팥죽 할머니와 호랑이는 내가 태어나기 전에
있었을라나, 죽음에 이르는 길을 허기져 돌아왔을라나
가마솥의 팥죽은 소금 한 움큼을 어여삐 만났을라나

서서히 새알 무리와 팥빛을 감고 푸는 주걱이 정좌하듯
나는 팥죽 감미롭게 스미고 퍼져 있을 질그릇이 되었죠

발

막, 부화된 새는 부리가 아닌 발부터 자란다지
부리가 돋기 전부터 발은 하늘을 움켜쥐기 위해
글썽거리는 갈고리 발톱을 척, 하니 꺼내 놓는다
저 발과 톱 사이엔 울음이란 처소가 있다고 했다
알이 그린 하늘에서 흡이 먼저 날개가 되었다지
들숨으로 심장이 뛰고 날숨으로 털이 돋고
눈꺼풀이 파르르 떨릴 때까지
새는 발끝까지 바람무늬 음계를 새겨 넣는다지

오늘도 닿을 수 있는 곳이 있어 발이 있고
수백 년을 오가면서 발 가진 것들은 남몰래 흐느꼈
다지
사막은 모래알이 휘발되도록 빛을 숨겨 두었고
강은 소리를 죽이라고 물비늘을 숨겨 두었고
나무는 조용히 일어서서 걸어가라고 그늘을 켜 두었
지만
아무도 그것이 발이라고 생각하지 않았다 그러나
아직 가야 할 곳이 많은 새의 발은

죽은 자와 산 자를 잇는 거문고의 성문(聲紋)이 되었다
나는 아직도 해 질 녘 이내와 함께 방황하고 싶은데
다른 세계를 보는 눈[目]이 발이라는 걸 언제쯤 알게
될까?

족제비 꼬리털의 구언(口言)

나는 봄볕 쪽으로 목이 휘어진 저 홍매를 단숨에 그리는 법을 알고 있다 나는 雲林山房*에서 죽은 족제비 꼬리털인데, 봄볕 길게 눕히고 눈 뜨고 눈 감고 가는 것들을 생각한다

봄눈이 파던 구렁텅이 떠난 뒤, 나는 붓끝을 닮은 잉어 꼬리가 연못에 물소리를 입히는 소리를 좋아했다 그러니까 명상과 침묵을 편애하되 족제비 눈빛을 떠올리면 나는 또 죽는다 저만치 홍매는 먼 길 같이 가는 물색 좋은 시간이 아니라 저 혼자 가는 얼룩이다

그때 봄비는 감감한 곳에서만 피는 홍매를 쑤시다가 흐른다 봄밤은 달빛의 높이로 떠서 꽃향기를 그냥 지나친다 바람은 저들끼리 한참을 옹이 곁에서 머물고 간데없이 꽃가지 그늘이 환해지는 소리만이 나를 휘감는다

나는 잠시 조선 호랑이 무늬에 젖어 밤에 생긴 상처와 낮에 생긴 흉터는 또 무엇을 집어 갈 것인가를 생각한다

악취와 향기 사이에서 꽃잎들이 마당을 쓸고 지나갈 때,
나는 곧 탐스러운 은빛 금빛 눈동자로 빗소리를 후려친다

* 조선시대 후기 남종화의 대가였던 소치 허련(1808~1893)이 기거했던 곳이다.

외면

담배 한 개비 물고 야적장 외진 곳으로 왔다
대추나무 한 주, 뒤꿈치 들고 팔 뻗어도 닿지 않는다

가지 끝의 대추는 시흥소 가려 보자고
내전 중인 뭉게구름을 끌어다 덮었던 것인지
신도 짐승도 아닌 것들이 와락와락 내 코와 숨을 집는다

판자와 각목으로 누벼진 담장,
순식간에 대추알들이 나를 난간에 올려 두었다
그러니까 모자 벗고 가슴팍 풀고 대추를 따먹었는데
몸에 더운 피가 흐르는 것까지는 좋았는데

전생과 후생도 없이 와르르 무너지고
대추나무 가지를 찢으며 나는 캄캄한 외마디가 되었다
통회도 없이 입은 달았으나
허리엔 발이 놓친 통증과 바닥이 솟구친다
이파리 뒤의 바람 절벽은 외면하듯, 숨의 눈꺼풀을 감
는다

백운

1.

목덜미 주변이 칡꽃으로 환해져 갈 때
장끼는 날개가 무거워진다
걷는 일이 더 많아진다
덤불 구겨지지 않게 웅크리고 앉는다
뻔뻔한 꼬리 깃털이 가만히 융융하다

2.

응사는 작은 그늘 속에서 칡꽃을 찾고
매는 진안고원 속에서 향기를 잡으리라
두 눈을 깜박거리는 사이,
까투리의 심장이 반 토막 났듯이
하나둘 밝은 것이 떠 있는 곁,
구름만 희다 그러나 나는 방관자
나는 숨을 구부리면서
백운(白雲)이 커지는 것을 바라봤다

꽃잎, 꽃잎으로

더 이상 썩을 게 없는 살구나무에서 흰빛이 날 때
할미는 칠산 바다*에서 조기 떼 우는 봄밤이 온다고
했다

큰 섬에서 작은 섬으로 봄눈이 꾹꾹 땅을 밟듯이
봄빛은 제 몸엣것 다 내어주고도 다시 목숨 짱짱한 것
들을 키운다

어떤 이끌림이 적막과 허무를 지우듯이
더 이상 꽃을 피우지 않고선 견딜 수 없다는 듯이
은비늘 금비늘 꿰차는 물소리가 살구꽃을 틔운다

뱃사람들의 잠과 꿈이 뒤집어지지 않듯
뱃길은 한순간도 쉬지 않고
그저 뱃멀미와 함께 오는 살구꽃 비린내를 길어 올
린다
조기 떼 생각에 배는 흘러가지만, 흘러가지 않는 바다
속에서

나는 아랫배 불거진 조기 떼들이 휘휘 봄밤을 찢는다
고 생각한다

　그때 오천리길 물굽이 영(嶺)을 넘어 살구꽃이 되고자
아가미 시뻘겋도록 우는 조기 떼들,
　그때 물속 세상은 갈데없이 꽃잎, 꽃잎으로 편편해진다

* 전남 영광 백수면 앞바다에서 시작하여 법성포 앞바다를 지나 부안의 위도와
곰소만 고군산군도의 비안도에 이르는 해역을 일컫는다.

불개와 달

불개는 잠시 눈을 감고 제 붉은빛을 찾고자 했다
강과 산을 피와 꽃으로 태우는 달을 갖고자 했다
그날 이후 불개는 어스름을 당겨 저녁이 되었다
추락과 허방이 만져지는 절벽을 딛고 냅다 뛰었다

하지만 불개는 달이 물속에 사는 짐승이라 믿고 있었
나 보다
물결무늬에 비친 달을 낚아채려고 했지만
아가리 가득 지느러미 비린 것들만 물고 나왔다
입술이 가시에 찔려 찢어지고 핏방울 뚝뚝 흘리면서
저 달은 일몰의 순간에 불끈 떠오른다는 것을 알게 되
었다

문득 새로 태어나는 달의 속골이 꽉 찰 무렵
불개는 저 달을 콱, 물고 검불 이는 들판을 달려야 했

쥐불 냄새가 났다
목젖과 혀가 돌연 얼얼하게 녹아내렸지만

바람보다 더 빨리 가시덤불을 헤치며 달려야 했다
이빨에 으스러지고 뚫린 달이
어둠으로 일렁이는 왕국에 가까워질 때까지

털 가닥을 세우면서 불개는 성벽을 뛰어넘었다
햇불 모양 달이 완벽하게 밀폐된 왕국을 비췄다
달이 없었으면 몰랐을, 귀머거리와 장님들로
가득한 폐허! 눈과 귀를 잃어버린 자들이
불개가 가져온 달로 잠시 미묘한 것을 만져 봤다
그러나 콧잔등 찢긴 불개는 달 점점 차가워질 때
뱃속의 새끼들이 잘 자라도록 컹컹 짖곤 했다
제가 가져온 달이 거신족의 눈동자인지도 모르면서

조용한 이야기

1.

소머리 핏물 다 빠질 때까지 삶는다 떡따 놓기 전에는 아무 데서 물을 마시고 풀을 뜯는 소머리였는데, 거죽은 갈고리에 걸렸을 테고 더러 내장은 제 핏덩이를 삼킨 피순대가 되었을 테지 골통을 쩍쩍 쪼개고 코와 귀와 혀를 썰어 냄비에 담아 두었다 턱에 붙은 살점을 후벼 파냈고 고기 한점 먹다가 혓바닥을 씹기도 했다

2.

입맛 돌아오는 데, 소머리가 최고라고 했다 혼자 있으면 굶었고 입을 다물면 탄화된 우울과 불면증이 고이거나 썩는다고 했다 어떤 위로를 드려도 어머니의 눈엔 눈곱만이 잔뜩 끼어 간다 소머리 고기와 혀를 왕소금에 찍어 맛을 보는 어머니, 너무 고소해 식욕이 착착 달라붙는다고 했다

3.

다시 주말연속극을 보면서 어머니는, 침대에서 무덤

까지는 가깝다고 말했다 올핸 참깨와 수수 농사만 짓는
다고 아버지 사진을 눈빛으로 쓸었다 경범죄 하나 없이
저 세상으로 황망히 가신 아버지를 위해, 오늘도 어머니
는 교회에 나가 헌금을 하고 찬송가를 힘차게 부른다 내
일은 종일 밭에 가서 호미로 쇠비름 따위나 긁을 거라고
했다

일각고래

수평선은 실컷 바라봐도 수평이지만 일각고래는 북두
칠성 뜨는 밤, 저 수평선 끝까지 다녀와서 빙산 곁에서
죽는다 고래의 피와 뼈와 거죽은 조상을 부르는 물건이
되고 피의 노래가 되고 아직도 새것인 작살 촉이 되어
준다

고래의 이빨을 팔아 공책과 연필을 사 왔다 아주 헛장
사는 아니니까 다행이다, 사나흘 밤을 지새운 값은 했으
니까 공책의 칸칸마다 먼 바다에서 돌아오지 않는 것을
기록하는 사냥꾼, 발가락 끝을 간질이는 무른 때를 밤새
긁는다 발새가 뜨고 벌어지는 사이, 백야다

일각고래는 쉬지 않고 천리를 달려왔다 빙산에 제 머
리를 비추자 식전부터 제 낯이 아니라고 물숨을 크게 뱉
는다 저쯤 되어야 이누이트족이지, 참! 당신은 나의 증
조부를 많이 닮았다오 아무리 둘러봐도 두 발 달린 검은
짐승은 나밖에 없는데

그러거나 말거나 나는 반백의 작살을 던지고, 피를 불기둥으로 뿜으면서 죽는 일각고래를 빙판 위로 꺼내 온다 고래의 이빨은 처음 올 때 입었던 바다 빛으로 형형했다 오늘도 저기 저 일각고래는 사방을 열고 봄볕을 뱉는다 나의 불온한 미신(迷信)을 찌른다 첫물, 피로 이마와 눈가를 씻는다

아무르호랑이의 쓸모

금속 신경을 가질 것, 비상은 굼뜨고 볼품이 없을 것, 빳빳한 수염으로 명상에 잠길 것, 피로 입술 자국을 찾을 것, 그러니까 핏줄 속으로 호랑이가 출몰한다고 두려워하지 말자

아직도 아무르 강가의 사냥꾼은 호랑이를 산 채로 잡는다 첫눈 모퉁이를 돌아 나오는 호랑이를 잡는다 호랑이 잡는 일은 여간 자랑스러운 일이지만 추우니까 허드렛고기가 필요하니까

염소를 나무 위에 매달아 둔다고 했다 물론 구덩이를 파고 그 위에 대를 깎아 박아 두고, 새끼 거미줄로 산 그림자를 붙인다고 했다

불쑥 구름에 씻긴 자작나무숲, 발갛게 타는 올빼미는 미동조차 없다 호랑이를 감출 행간이 없으니까 가까스로 감지되는 눈동자, 잠의 눈꺼풀 속으로 뛰어든다 흑요석무늬 자정도 사냥꾼의 잠으로 반사된다 그때 호랑이는

드렁드렁 피가래를 뱉는다

  일곱 가지의 병을 가진 아이를 위해, 호랑이는 코와 이빨과 발톱과 눈동자를 꺼내 준다 삶에도 죽음에도 이르지 못한 아이, 입과 귀가 뚫린다 호랑이 가죽 옷을 입고 자란다 이제는 벌판을 휘젓는 힘을 지니게 되었다

바위 많은 설악에서

　침묵 아닌 것들이 바위가 되었다고 해 두자 바위가 돌아가야 할 곳은 없으니 한자리가 깊도록 웅크리고 있다 바위는, 지진이 일고 산불이 나고 벼락이 내리쳐도 몸이 지붕이니까 그을음만 낀다

　저기, 저 소나무는 물구나무 선 채로 바위를 뚫고 자란다 바위는 경사(傾斜)를 갖추고 몸속 어딘가에 沼를 파두었다 뿌리는 어디까지 깊어지려는 걸까, 물의 뼈, 첨벙거리는 소리만이 직벽의 흉터와 주름을 감춘다

　바위는 물결을 얻고 물소리로 휘어진다 바위의 그림자로 맺히는 권태와 빛도 있다 바위는 물길을 통해서 제 발밑에 沼를 또 하나 판다 윤슬은 윤슬로 제 몸 감추면서 바위를 바위로 흐르게 한다 저 폭포수는 하나이면서 여럿인데, 바위의 목소리로 솟구친다

　바위는 물의 높이를 얻고서야 제 몸이 산의 등뼈라는 걸 알았다 물의 메아리는 꽃잎처럼 조용히 바위를 밟는

다 물길 쫓아온 족제비는 바위 곁에서 어둠 없이 잠을
잔다 그때 바위는 물 흐르듯 물 흐르듯 높은 곳에 엎드
려 있고 내용 없는 아름다움*에 가까워진다고 믿는다

* 김종삼, 「북치는 소년」에서 차용.

곰나루의 큰 돌

아비는 곰과 사는 것이 해괴한지도 모르면서
사람 냄새, 제 숨결 밴 목덜미를 쓸어내리면서
이 세상 첫 그림자는 무서운 웅녀였다고 생각하면서
혼자서는 미래를 만들 수 없으니, 동굴 하나를 팠다

아비는 얇은 성에가 이슬로 맺히는 동굴에서
온갖 새소리 불러와 웅녀와 사랑을 나눴고
자잘한 아이 둘을 두었다 낮엔 곰,
밤엔 사람 얼굴로 돌아오는 새끼를 위해
몸은 물길 꺾이고 평평해지는 모래밭 세상에서 뛰놀고
자 했다
그러나 마음은 그림자 놀이 하던 호시절을 그리워하
면서
뒤도 돌아보지 않고 퍼런 물길의 지붕을 밟고 건너고
있었다

강은 아비의 두 발을 번갈아 들었다 놨다 하면서 흘
렀다

목숨은 물을 잔뜩 먹고서야

두 발이 아닌 네 발 그림자로 강줄기를 탔다는 걸 알
게 됐다

그때 어미와 나와 동생은 발바닥 핏줄이 몰아가는 데
로

죽을힘 다해 물비늘 지붕을 밟아 아비를 쫓아가는데

언젠가 고향으로 돌아갈 거라는 믿음이 찢어지듯

캄캄 깊은 강변으로 떠밀려 와서 처음으로 물숨을 뱉
었다

눈빛이 닿지 않는 곳에서 물새가 휙, 지나가자

우리는 큰곰자리와 작은곰자리로 몸을 바꿨다

그때 아비는 수원(水源)을 끌어와서

해 질 녘의 긴 그림자와 함께 절벽에 얼굴을 긁으면서
죄를 씻었다

핏덩이로 눈과 귀마저 지우니까 아비는 곰나루의 큰
돌로 굳었다

흰소˚의 산책

　지금 흰소는 잔뜩 성이 나 있다 멍들지 않는
　바람을 한번 차 보고, 뜨거운 콧김을 내뿜고 있는 중
이다
　급기야 그림을 찢고 나와 덕수궁의 온갖 잡초들과
　나무들을 뜯어먹는다 천상도 지상도 없는 허공에서
　뛰쳐나와서 난데없이 똥과 오줌을 싸질렀다 비탈처럼
　돌아갈 길이 없었고 깨진 유리창은 저 흰소의 시비가
　어디로 튈 것인가, 종잡을 수 없다는 듯이
　길의 우연을 또 한 번 찌른다

　큰 눈 껌뻑이는 흰소는 명석하게 죽지 못해
　길길이 날뛰고 있는지도 몰라, 저 뿔은 어느 때보다 검
고 뾰족하다
　흰소는 골목의 초입과 자동차와 사람을 우멍하게 찢어
발긴다
　외마디 소리만이 가고 없는 영혼을 찾는다
　일순 땅땅하게 더 크게 울부짖는 흰소의 증세는 호명
할 수 없었다

흰소는 온갖 것들의 세상을 들이받기 위해
뒷발굽으로 벽돌을 차올린다 살의 지린내와 함께
물기둥 새는 소리도 잠글 수가 없었다
그때 흰소는 가난한 운명과 까맣게 눈뜬 고향을 생각
한다
발가벗은 아이와 게를 총총 눈물로 풀어놓기 위해
높새바람으로 휘돌기 시작한다 섶섬 가장자리로 나아
가듯
혀와 목구멍엔 군침이 돋듯 꿈틀꿈틀 파랑이 출렁거
린다

흰소의 뿔에 순탄하게 떠받쳐서 날아간 것은
장밋빛 해변의 메뚜기와 풀과 나뭇잎이 되었지만
쓸데없이 마구 찢긴 것들은 더럽고 텅 빈 모래밭이 되
었다

* 이중섭의 그림, 〈흰소〉(1955).

백사숲 도롱뇽

뿔과 발톱과 날개와 비늘을 털고 파국을 건너온 도롱
뇽은
물줄기를 등지고 그늘진 곳에 은거했다

아가미 없어질 때까지 검은색으로 머물렀지만
거기서부터 물소리 부서지지 않게 숨어 지냈다

지렁이가 한 올 한 올 입속으로 들어가고 있으니
천국이 따로 없겠다 그러나 도롱뇽은 밝은 몸이 곧 시
간임을 모른다

갈등과 질서를 찢는 물줄기 속에서 불을 버린 죄로
다리와 꼬리가 곡옥같이 휘어져 있다

그 후생이 갈색무늬로 타오르지만
그 목숨은 자주 어두워졌다가 밝아진다

꼿꼿하게 기둥만 서 있는 백석동천(白石洞天) 거기

백사(白沙)숲에서만 용쓰는 도롱뇽이 있다 간혹
입에서 꺼내 보는 옥구슬도 있는데
거기에는 죄악을 부추기는 불멸이 있다 그때
눈알은 더 검게 두꺼워진다

은도끼 금도끼

크고 작은 옥수수 씨앗, 저리 가렵지만 돌이 되는 것
과 물이 되는 것이 있소

여름에 어울리는 은도끼를 키우는 옥수숫대와 그 잎
사귀는 돌개바람을 찢고 자라오
땅바닥을 나뒹구는 햇볕의 투명함, 빳빳한 것들이 잘
도 베어지오

차갑고 가려운 옥수숫대는 발끝을 총총 세우고 빗소
리를 듣는 것을 좋아하오
노모의 피가 켜켜이 맑다는 것을 일러 주기도 하오
그러나 쉽게 어두워지지는 않는 메뚜기처럼
쉬이 꺾이지 않는 것들이 금도끼를 벼리는 찰나

옥수수 속으로 가을빛이 접혀 들어가오 양서류는 물
마르는 방향으로 숨었소
노을 뜨지 않는 저녁이 쓸쓸해지는 것이라오
문득 높이 떠 있는 달 기러기만이 서리 묻은 목소리를

내오

옥수수밭 모퉁이엔 손등이 툭툭 터져도 흐느끼지 않는 생활이 있소

지금 여기 옥수숫대와 옥수수 아닌 것들 사이에 은도끼와 금도끼가 있소

저만치 달을 베고 산을 베고 들판을 베는 계절, 녹슨 그것은

베어진 목덜미를 생각하오 거기 아, 하고 눈동자가 터져 나오고 있소

당분간

폐허, 절로 외져 없었던 것들이 여기저기서 모여든다

날씨가 흐려도 목청을 높이는 사슴 떼가 청태를 뜯는다

여남은 뿔에만 골라 피는 봄빛이 흉터를 지우려 할 때

반은 희고 반은 분홍인 것이 그저 신성한 그 짓을 했다

다저녁 별자리와 뿔은 묵약도 없이 한 방향으로 자랐다

뿔에 난 꽃가지들은 쌀랑쌀랑 낙화도 없이 설경인데

당분간 몸이 되려고 하는 것들이 신열을 앓을 것이다

굴뚝 숭배자

굴뚝새는 까맣다 숨소리도 검다 굴뚝에 그을음이 끼
어도 들러붙어 산다 굴뚝에서 죽고 싶어 굴뚝을 파낸다

둥지로 파낸다, 연통 돌아가는 소리, 온기를 열고 닫는
다 열과 가스 들이켜며 눈만 시뻘건 굴뚝새, 굴뚝에 산
과 강도 섞고, 하늘도 꾹꾹 눌러 담는다

팍팍하고 답답해도 굴뚝에서 나오지 않는다 사나워질
법도 한데 굴뚝이 머나먼 평원이거나 산맥이라고 배 깔
고 알을 품고 있으니

굴뚝은 굴뚝새를 들여다본 적이 없다 기낭의 그것처럼
제 속 보이지 않기 위해 깜장을 간직했다

불과 꽃과 잉어의 시

불과 꽃에 덴 것들이 참 이쁘더군
땅도 하늘도 붙어사는 연못, 불을 켜지 않았는데
환하더군
바람도 몇 개씩 보이는 얼음판,
춥고 반질반질하더군
눈발은 부싯돌을 긋듯
잔불로 녹아 끔벅거리면서
물빛은 밤을 뒤집고 불의 잔등을 먹더군
비늘 달린 것에 불을 덧씌우니
꽃잉어라 부르더군
쓰라림 혹은 석유 냄새로 올려다본 거기,
和色을 바꾸는 물소리만이 울긋불긋,
아니 툭 하고 깨지더군
습(濕)과 침묵을 파서
성냥만큼 단단한 달뜸으로 상처를 뭉개더군

소나기 정물

산모퉁이 응달에서 자란 산도라지
무덤가 뱀 구멍 뚫고 자란 산도라지
몸뚱이 아껴서 캐 온 산도라지
물에 씻지 않아도 흰빛으로 흐느끼네
생계 따위야 걱정이 없지만
금가락지 손끝으로 껍질을 삭삭 벗기네
지루할 틈이 없는 공용터미널 한쪽에서
먹구름 볕과 낮달을 쬐지만, 두건을 쓰고
침침한 눈동자로 산도라지 껍질을 잘도 벗기네
쉰 기침 쏟으면서도 다시 한 차례 숨 고르는
금가락지, 잔뿌리 곱게 씹으면서
제 명줄 끊어질 때까지 총기를 놓지 않네
코끝과 발끝에 닿는 소나기 그늘 지나갈 때
저승에서 파(罷)할 희고 파란 도라지꽃 같은
무릎 껴안고 귀청 나갔다 되돌아오는 소리를 듣네
산도라지 아무도 사 가는 사람 없지만
미간 잔주름 사이, 바람은 흐려 또 천둥을 놓고 있네

파랑새가 된 사람

초분(草墳)이라는 말에 한 사람을 묻었다

채마밭 근처, 애도의 자세가 노랗다
저승에 닿는 거리,
나비가 읽지 못하는 사후의 일이다

낮과 밤이 둘로 갈라지듯
뼈와 살은 흙의 얼룩과 빛으로 돌아간다
한 세상 떠돌면서
아직도 멀리 가지 못했는지,
돌부리만 일렁거린다
태풍이 왔지만 초분은 무너지지 않았다

물난리 난 어느 오후의 왕잠자리 나와 놀듯
진흙 두꺼비 앉은 자리에서 벌떡 일어나고
땅벌레들 붉은빛을 훔쳐 와서 아궁이를 굽는다

그사이, 파랑새가 된 그 사람

뺨에 옮겨붙은 호시절을 서쪽 가지에 걸어 두었다
바람이 바투 붙은 자리마다 구멍이 숭숭 쏟아진다

멧돼지와 달의 파수

하루에도 몇 번씩 산맥을 타는 멧돼지,
큰 나무 아래 구덩이를 파고 거미집과 소나기를 뭉개
고
구덩이가 웅덩이로 몸을 바꾸는 동안
가장 좋은 집이 제 진흙 털가죽이라는 것을 안다

어금니로 호랑이 눈 코 입을 뭉갤 수도 있지만
오늘은 큰 오리나무를 찢으며 천둥과
피와 뿔과 날개를 가진 짐승과 함께 달을 부른다

발자국도 없이 죽는다는 멧돼지가 달로 가는 밤이다
달은 조금씩 커지면서
너글너글 둥글어지면서
재가 되는 멧돼지를 꺼질 듯 꺼지지 않는 불씨로 가두
면서
산맥의 가장 높은 곳에서
절벽의 가장 낮은 곳에서
여울여울 검은 밤의 반짝임이 되었다

한 곳에 오래 머물 수 없는 저 영혼들,
몸을 흘린 곳을 떠나와서 초저녁 위에 잠을 튼다

끝없는 여름

금강소나무는 금강소나무에서 걸어 나오고
바위는 바위에서 태어나고
뱀은 허물을 벗고 난생의 기억을 지웠다
매미는 그늘에서 그늘로 되돌아와
할 말이 많았지만
한낮을 헤쳐 나오지 못하고 담장에 기댄다

저기 몸 가진 것들은 물 건너 밤숲을 바라본다
사랑에도 죽음에도 반반 써먹어야 할 몸이 있다
온몸에 꽃 비늘 세운 화사가 몸 감아올리고 있다
신발 두 켤레, 더 벗을 것이 없는 몸을 바라본다

저 멀미 끝에는 몸이 집인 것들이 갈증으로 넘친다
울음 없이 그냥 이생으로 환속하는 그림자도 끓는다
끝없는 여름, 벌레들이 호랑가시나무를 사분사분 갉
는다

들장미

호랑이는 돌무더기 지붕이 있는 곳이라면 더 침착해진다
온갖 곤충들이 날아오자 제 피골로 태양을 탐닉한다
내세(來世)를 뉘엿뉘엿 건너온 제 목덜미를 세운다
퍼런 눈알은 아주 커다란 보석이었으므로
등과 배를 찢어 자줏빛 피의 고향으로 가자
고대(古代)의 죽음에서 삶으로 오는 호랑이
검댕이에도 꽃에도 속하지도 못했으니
털가죽 벗겨 옷을 짓고 발톱과 쓸개는 약으로 쓸 터,
그러니까 억울해하지 말자
벼락에서 살아 나온 들장미로 불리고 있으니

한 오라기의 존재감

짚은 일필로 **빳빳**하고 휘지로 꺼끌꺼끌하다 만곡이 돌돌 말려 있어 마른 빛깔로 소리를 낸다

짚은 세간 이야기를 읽는다 우리는 짚을 잊지 않기 위해 신과 가마니와 방석을 짓고 급기야 지붕을 올리는 일을 했다 새끼금줄을 꽈서 고추를 매달고 황토와 짚과 돌을 씌워 기이한 담장을 쌓기도 했다

짚을 뒤집어쓰고 자라는 것이 있고 홀로 섶에 들어야 살아가는 것이 있다 우전초(牛轉草)*를 태워 악귀를 쫓고 옻을 쓸어내리는 오늘

봐라, 초분(草墳)은 흙먼지로 까맣고 노랗다 그러니까 한 오라기의 존재감이라는 것은 저 짚을 두고 하는 이야기

산뽕나무 아버지 죽자 나는 난생처음 외로 꼰 짚 똬리를 썼다 그때 나는 어깨 들썩이며 꺼이꺼이 구름을 우러

렀다 순하고 억센 힘으로 징검징검 바람을 타는 저 지푸
라기, 아버지의 영혼마저 데리고 간다

* 소가 되새김질하는 짚을 꺼내서 말린 것을 말한다.

곡우(穀雨)

봐라, 아버지는 불멸이다
봄눈 그림자와 함께 죽지 않았다

어머니는 물소리로 낯을 씻고
몸이 움직이는 곳으로 간다

산길에서 고되게 울고
밭둑에서 참되게 운다

눈 가는 산모퉁이 돌아가면서
아버지 죽은 얘기 꺼내 놓는데
장끼가 꺼이꺼이 추임새를 넣는다

어머니, 툭툭 울음을 분지른다
찔레넝쿨 꽃으로 흐드러지고
코 푸는 소리, 어긋나면
아버지에게 가닿는 길은 어디에도 없다
푸르게 썩으라고 있는 무덤조차 없으니

홍어의 시

처음부터 모래로 지어진 이 몸은
볕 속을 날아다니는 날개였지만
부서지고 나서야 우우우 몸을 떨게 되었다
흐르는 족족 검은빛이 되었지만 기억 따위 없었다
다만 바다에 밀봉되어 코와 입술을 오므렸다 펼치니까
조용히 불타는 피의 아가미로 영원한 숨을 놓게 되었다
죽음은 뒤돌아서서 아직 속까지 썩지 않았다고 말했다
그때 칼은 고동무치 꼬리뼈와 심장을 갈랐고
숨 녹아 차가운 애는,
캄캄 짚 항아리에서 한 계절의 피로 묽어지고 말았다

나의 지붕

—지붕은 어디에도 닿지 않고 어디에도 가닿지 않기 위해
잘 휘어지지 않도록 물과 결의 무늬로 골을 깊게 파 두었다

지붕 위에서 나는 물통 지고 오는 낙타를 기다린다
지붕 위에는 건너야 할 바다가 있지만
모래밭을 움켜쥐고 자란 곰솔이 지붕 높이로 자란다

지붕 위에서 박새가 울고 반달이 진다
나는 팔랑개비를 돌리면서 손톱으로 지붕을 긁는다
지네 한 마리, 굼벵이 목줄 감는 소리를 듣는다

지붕을 목침 삼아 베고 눕는 저녁이 올 때
나는 돌에서 처녀로
처녀에서 낙타로 되돌아오는 꿈을 생각한다
나무 밑으로만 가야 하는 빛으로 낯을 씻는다
차고 기우는 것이 저 낮달만은 아닐 텐데
나는 땅그늘로 흔들리는 것이 지붕이라고 믿는다

그러나 오늘 죽은 것은 죽은 것이니까
아버지는 더 이상 나의 지붕을 밟지 못한다
해가 뜨면 조금씩 피를 쓰지도 못한다
씨앗을 뿌리는 땅이 지붕 위로 솟구치는데
두꺼비는 빗소리 부레를 켜고 무덤 앞에 웅크린다

마지막 제의

평생 지켜야 할 것들이 있다 부식된 것이라곤 그늘밖에 없다

계곡을 삼킨 물소리는 발가락 흰 뼈를 드러냈으니까

거기에 엎어지면 코가 깨질 거다 그러니까 추위는 점점

사슴 계곡을 지킬 양으로 덤불을 쑤시고 회오리친다

그걸 눈보라라고 부르지만 눈의 향기를 탐하는 어미 호랑이는

피와 영역을 불러들이는 요의를 참지 못하고 발자국을 찍는다

그러나 썩을 대로 썩어 버린 새끼 호랑이 앞에서 어미 호랑이는

덤덤하게 달을 보고 크게 한번 짖는다

올가미에 숨은 절명의 힘; 잔뜩 으깨진 혹한을 갉는 구더기들이

얼룩무늬 빛을 슬어 놓고 봄날을 당기고 있을 때

횅하고 깊은 눈으로 흰빛들을 집어먹는 올빼미는
자작나무 위에서 홰치며
새끼 호랑이의 영혼이 더 캄캄해지라고 작은 몟을 부
른다
그때 사슴 계곡의 견고한 것들이 무섭게 오그라든다

목숨을 잃는 일은 수많은 위험 중의 하나라고 피가래
를 뱉는
어미 호랑이, 열두 별자리를 운행시키는 힘으로
눈밭을 파헤친다 침 마르게 초식하는 발굽이 톡 쏘는
계절
삶이 어긋나도 흥분하지 않는 사슴 계곡은 외려 순순
해진다

어미 호랑이는 또 무섭게 흐르는 체액으로 큰 수컷을
부른다
그건 몹쓸 새끼를 잊기 위한 마지막 제의였던 거다

얼음새꽃

오래 집 비우고 돌아와 창을 오래 열어 두었다
북방산개구리 귀잠 털고 나와 눈가를 적신다

목련나무 큰이빨과 작은이빨이 달빛으로 가렵다
무얼 하고 이제야 왔느냐
돌아보면 없는 아버지 숨결이 살얼음을 밟고 왔나

춥고 미끄러운 지붕 밑에서
어머니의 헛소리, 끙끙 잠과 꿈을 견디나 보다

삶의 끝이 분명한데, 돌아갈 집이 없구나
어깃장 놓는 아버지, 물가에서 나를 부른다
나는 사금파리로 물금을 그으며 입술을 달싹인다

아버지, 다음 생엔 추운 몸으로 오지 마세요
잔설로 녹아내리는 얼음새꽃이 되어 오세요

극야

빙하기의 털코뿔소는 사라진 지 오래되었지만 코뿔을 닮은 나뭇가지와 잔털을 가진 목련나무는 여전히 성성하다 가물가물 탐을 낼 만한 먹잇감들이 저 먼 데에 있는 봄밤, 일각고래가 오지 않는 꿈이 불길하지만 목련나무는 비만보다 굶주림 뒤로 그림자를 내린다

해와 달의 교미공이 빠져 있으니 극야다 제 새끼들 찢어 먹고 있는 북금곰은 어디로 가야 할까 구원의 길이 없는 극야, 변하지 않은 것은 없었다 처음 땅을 밟아 본 극야, 목련나무에서 떨어진 작은 세상이 목을 축인다 꾀 많은 이누이트 소년이 목련나무로 작살을 깎는다

설경

애야, 나는 땅거미와 함께 잠을 자면서
유월의 밤에게 몸을 다 내어주었단다

봄비도 잊고 볍씨도 잊고 서쪽만 바라보았는데,
새까만 눈동자 가진 것이 이마를 때리더구나

어머니! 그건 누에씨예요
눈가를 이글이글 찌르는 누에씨예요

뽕잎 뒤에서 무엇으로 바뀔지도 모르면서
굴러 나왔나 봐요 상처로 닫힌 것은
초록 잠이고, 벌어진 건 금빛 딱지라고,
어머니가 말했잖아요

글쎄, 문 열고 밖을 내다봤는데
오디보다 벌건 설경(雪景)을 짓고 있더구나
오늘은 자개장무늬 다 뵈지 않으니 좋구나

녹명(鹿鳴)에서 적명(赤命)으로

전영규(문학평론가)

1. 에덴의 시, 그 이후

내 시의 두엔데(duende)는 자연물에서 시작된다. 나는 자연이 정교한 기계장치로 되어 있는 생물이라고 믿는다. 나는 자연 속에서 생명의 첨예한 촉수를 발견하는 일이 즐겁다. 꽃이 피거나 말거나 새가 울거나 말거나 사람이 죽거나 말거나 자연은 침묵으로 일관한다.

다만 시인만이 자연의 묘한 움직임을 감지하고, 어느 생물의 운명을 빌려와서 존재론적인 사유를 노래한다. 나는 시인이 되기 전에 이것을 마이산 자락에서 뛰어놀면서 배웠다. 흙과 물과 새와 짐승과 나무와 사람이 공존하는 법을 배웠다.

— 「시인의 말」(『옆구리의 발견』, 창비, 2012) 중에서

이 시를 읽기 전에, 시인의 첫 번째 시집에 나와 있는 시인의 말을 가져와 본다. 시인에게 자연이란 살아 있는 유기체다. 시인의 시선은 끊임없이 유동하면서도 침묵으로 일관하는 자연을 향한다. 시인은 그들과 공존하면서 시(詩)라는 생명의 첨예한 촉수를 발견한다. 그것은 "환하고 낯선 하나의 세계 혹은 감미로운 상처가 풍미하는 절벽"(「옆구리의 발견」), "죽은 물빛이 힘차게 증식"되는 빙폭(「빙폭」)이 되거나, "미친 것들 푸르러지고, 죽은 것들 되살아나는 깊은 산"(「나의 에덴」, 『아흔아홉개의 빛을 가진』, 창비, 2016)이 되기도 한다. 살아 있는 동안 침묵으로 일관하기에 무섭게 태연한 그들의 에덴에 이르기까지. 그들이 지닌 생명성이 빛을 발할수록, 시인의 고독은 더욱 또렷해진다. "유달리 어두운 뼈만 먹는 것들".(「시인」, 위의 책) 산빛에 젖어 갈수록 "깜깜해지고 그림자는 쓸데없이 또렷해"지는 나.(「나의 에덴」) "공기나 구름의 뼈마디를 제 몸 깊숙이 밀어 넣는 절벽"의 컴컴한 허방 앞에 기겁도 없이 목숨 켜 놓고 있는 자.(「절벽의 시」, 위의 책) 시인의 에덴이 단지 자연이 지닌 생명 예찬에만 그치지 않는 이유는 이것 때문이다.

첫 시집 『옆구리의 발견』에서 두 번째 시집 『아흔아홉개의 빛을 가진』에 이르기까지. 자연물에서 시작한 시인의 언어는 그들과 공존하는 법을 배우며 그만의 서정을 이루어 나가고 있었다. 등단 이후 지금까지 서정이라는 꾸준한

밀도를 이루어 나가는 시인의 시를 들여다본다. 그 과정에서 미세한 변화를 감지해 본다면, 그가 이루어 나가는 서정의 날[劍]이 점점 날카롭게 벼려지고 있다는 것이다. 그렇다고 그 날이 대상에게 위협을 가할 만큼의 서슬이라기보단, "여러번 베이고 찔려도 죽지 않는"[「물소리는 도반(刀瘢)을」, 『아흔아홉개의 빛을 가진』] 물소리처럼 견고해지는 것에 가깝다. 그 과정에서 시인의 언어는 에덴을 닮아 간다. 환하고 낯선 세계 혹은 감미로운 상처가 풍미하는 절벽이 있는 곳. 죽은 물빛이 힘차게 증식되는 곳. 미친 것들 푸르러지고 죽은 자들이 되살아나는 곳.

자연이 지닌 첨예한 생명의 촉수는 어느덧 시인의 에덴을 이루고 있었다. 가장 낮은 곳에서 날[劍] 선 시의 언어를 키우는 자. 그들(자연)에게서 감지되는 거대한 침묵은 수없이 되살아나는 그들의 재생에서 비롯한다. 시인은 생의 섭리를 오롯이 견디어 내기에 무섭게 태연한 그들에게서 더욱 또렷해지는 존재의 고독을 발견한다. 그들의 고독을 온전히 감당하기 위해서는 시인은 그들보다 더 낮은 곳에 있어야 한다.

"흰빛의 아름다움에 눈멀지 않고 입술이 터지지 않는" 마랄사슴(「녹명(鹿鳴)」, 위의 책)들이 사는 곳. 아흔아홉개의 계곡과 빛을 가진 물소리가 흐르는 곳. "내 목을 치는 파도의 검(劍)이 번쩍거리고 있는"(「별자리」, 위의 책) 곳. 지금부터, 시인이 그려 내는 아름다운 에덴의 세계로 들어가

본다.

2. 빛나는 녹명과 붉은 목숨

1) 미희녹명(美熙鹿鳴)

"모래알이 휘발되도록 빛을 숨겨 두"는 사막.(「발」) "제 몸 감추면서 바위를 바위로 흐르게" 하는 "윤슬."(「바위 많은 설악에서」) "빛으로 낯을 씻는" 저녁.(「나의 지붕」) "하나 둘 밝은 것이 떠 있는 곁".(「백운(白雲)」) 이병일의 시에서는 이처럼 환하게 빛나는 이미지들이 등장한다. 시인이 그려 내는 빛은 생명이 지닌 아우라에서 시작한다. 존재 자체만으로 현현(顯現)하는 대상들의 빛은 응결된다. 시인의 언어로 응결된 그들의 빛이 모여 에덴을 이룬다. 여러 번 베이고 찔려도 죽지 않는 시인의 물빛은 언제부턴가 빛나는 얼음으로 응결되어 "아픈 곳을 낫게 해 주는 신앙"이 된다.

　　저 물빛을 쫓아 침묵을 삼키고 지평을 넘는 얼음장수
　　구름털이 따가운 당나귀의 입이 되고 발이 된다고 했네
　　오래 쓰고 곱게 쓴 곡괭이로 죽을 만큼 힘을 쓰고
　　바위를 밀어내고 흙을 파고 빙하를 찾는다네
　　얼음은 아픈 곳을 낫게 해 주는 신앙

짐승과 사람을 새것으로 반짝, 바꿔 놓는다고 했네

절벽은 외면할 수 없어서

한참씩 기도를 하고

한참씩 이쪽저쪽 잘 통하는 바람으로 낯을 씻는다네

흙빛 얼굴이 되어야 산사람이지

고산증도 없이 쉬어 가는 자리마다 피는 물비늘을 보았
네

당나귀 걸음걸음마다 고갯길은 엎드리고

돌밭은 처음 올 때 입었던 비단 빛깔이라네

거기서 길 한번 잘못 들면, 저쪽 사람이 되고

해발 5,000m를 다시 돌아와야 이쪽 사람이 된다네

얼음장수 발타사 우쉬카, 나의 할아버지

등뼈로 길과 잠을 열고 닫는 당나귀를 사 주었네

나는 발굽 끌며 흰구름 꼭꼭 밟아 주라고

침보라소라는 이름을 지어 주었네

— 「침보라소」 전문

노발리스의 시 「밤의 찬가」에는 다음과 같은 구절이 있
다. "살아 있는 자, 감성을 지닌 자로서 그를 에워싼 저 드
넓은 우주의 신비스러운 현상을 보고, 환희에 가득 찬 저
빛을 사랑하지 않을 자, 그 누구랴? 갖가지 색채, 광선,
파장을 띤 채, 밝아 오는 빛처럼 부드러운 모습으로 나타
나는 저 빛을. 생의 가장 내적인 영혼과도 같이 쉼 없이

흐르는 별들의 세계는 그 빛을 호흡한다. 그의 푸른 물결 속을 헤엄쳐 간다. 번쩍이면서도 영원히 조용한 바위, 명상하듯 흠뻑 빨아들이는 여러 종류의 거칠고 탐욕적인 동물들도 무릇 그중에서도 더욱 느릿한 걸음걸이와 가냘프게 닫혀지고 풍만한 음을 띤 듯한 입술을 가진 이방인이야."[1]

"부드러운 모습으로 나타나는 저 빛", 별들의 거대한 세계가 호흡하는 그 빛은 푸른 물결과 바위 속을 흐르며 번쩍이면서도 영원히 조용한 생명의 속성을 발견한다. 시인이 그려 내는 빛도 마찬가지다. "영원히 죽지 않는 저 시계,/시끄러운 물로 가득 차서 물꼬가 터질 때/온갖 것들은 몸을 휘 더듬는 물빛이고 물소리로 돌아간다".[「계단식 논의 수력학(水力學)」] 온갖 것들이 몸을 휘 더듬고 물소리로 돌아가는 물빛처럼, 시인이 발견한 생명의 속성이란 하나이면서 여럿인 모습으로 끊임없이 순환하는 생명의 여정이다. 그 순환의 과정에서, 살아 있는 온갖 것들은 치유된다. 아름답게 빛나는 녹명의 시는 이렇게 탄생하고 있었다.

2) 미성적명(美晟赤命)

진관사 외진 방, 빗소리 곁에 두고서 내 것 아닌 것을 생

---

1) 노발리스, 윤동하 옮김, 『밤의 찬가』, 태학당, 1994, 15쪽.

각한다

　더러운 것들 몸뚱이에 두르고 와서 그 어디에도 버릴 수
가 없다

　우연찮게 앵두의 그것처럼 탱글탱글 익어 가는 빗줄기를
보면서

　밥 생각 없이 구운두부 찜을 먹었다 좋아라, 피가 돌고
숨이 돌았다

　두부 자체가 간수인데 몸에 붙은 흰 그림자 잔뜩 으깨진
것이 보였다

－「진관사에서」 전문

　환하게 빛나며 아픈 곳을 치유하는 신앙의 시는, 언제
부턴가 살아 있는 온갖 것들의 몸 안에서 "피"와 "숨"이 되
어 흐르고 있었다. "우리에게 피를 주고 공중을 높이 치켜
든 저 피자두나무"(「피자두」), "조용히 불타는 피의 아가미"
(「홍어의 시」), "첫서리에 제 혼이 핏빛으로 지나간다고 잎
을 벗"는 나무(「나무는 나무를」), "조상을 부르는 물건이 되
고 피의 노래가 되고 아직도 새것인 작살 촉이 되어 주는"
고래의 피와 뼈와 거죽(「일각고래」), "붉은빛을 훔쳐 와서
아궁이를 굽는" 땅벌레들.(「파랑새가 된 사람」)

　앞서 나온 시인의 시집들과 비교했을 때, 이전에는 보지
못한 낯선 색채를 발견한다면, 이 "붉은빛"이 될 것이다.
그렇다면, 시인이 그려 낸 붉은빛을 자세히 들여다보자.

우리에게 피를 주고 공중을 높이 치켜든 피자두나무. 조용히 불타는 피의 아가미로 영원한 숨을 놓게 되는 홍어. 핏빛의 혼을 지닌 나무. 죽어서도 물건이 되고 피의 노래가 되고 작살 촉이 되어 주는 일각고래. 아궁이를 굽기 위해 붉은빛을 훔쳐 온 땅벌레들. 시인이 그려 내는 붉은빛은 물빛이 물소리로 돌아가는 지점, 온갖 것들이 몸을 휘 더듬고 원래 있던 곳으로 다시 돌아가고자 하는 지점, 새 생명이 되기 위해 죽은 것들이 피와 숨으로 돌아가고자 하는 지점처럼, "당분간 몸이 되려고 하는 것들"이 앓는 "신열"(「당분간」)에서 연유한다.

　　뱀은 결벽증이 있어 허물을 벗고 독니를 키운다고 생각
　한다

　　주저리주저리 혹은 무심하게 우글거리는 것들아
　　꽃은 차고 비늘은 까무러치게 징그럽지만
　　뱀은 제 몸의 물불을 탄주하듯 그렇게 후까시를 밀어 넣
　는다
　　좌우를 쉽게 인지하는 눈동자와 혀끝에서는 불꽃이 인다

　　하늘과 땅 사이를 오가는 적을 삼키고
　　아직 피가 흐르고 있어 다치고 서러운 것들아
　　뱀은 차고 미끈한 영혼을 벗어 두고 가라고 말한다

밟으면 꿈틀거리는 길마저 무연하게 뱀 그림자로 숨는다

해 지고 어두워지면 쥐똥나무 울타리에서 몸을 비트는
것들
딱하다는 눈총 대신 미간에 힘을 주고 갈데없이 불운을
노린다
불행하게도 축복은 어느새 물기 많은 뱀
선을 넘지 못한 서른다섯 마리의 뱀
한낮에 잠들지 못하는 혈통이니까
푸르고 붉고 까만 꼬리들이 그냥 쏟아져 나온 거다

직면한 증오들이 그대를 용서하려고 꿈틀거릴 때
사랑으로 존속했던 것들아, 한데 엉킨 뱀이 되자
생태에 젖은 뱀들의 피는 더울 것도 없이 깜박거린다
                    —「생태에 젖은 뱀들의 피」전문

　"주저리주저리 혹은 무심하게 우글거리는 것들", "하늘
과 땅 사이를 오가는 적"을 삼키며 "다치고 서러운 것들",
까무러치게 징그러워 보이는 그들도 한때는 "사랑으로 존
속했던 것들"이었다. 사랑으로 존속했던 것들이었기에, 한
데 엉킨 뱀이 되고 나서도 "더울 것도 없이 깜박거리"는
"피"로 젖은 생태를 살아간다. "차고 미끈한 영혼", "불운"
과 "증오"마저 그들의 뒤엉킨 그림자 속으로 들어가자, 그

것은 그들의 생태가 된다. 언젠가 사랑으로 존속하게 될,
더울 것도 없이 깜박거리는 피와 숨이 되어 버린다.

　나는 팥을 쒀서 밤과 낮을 만드는 사람이지요
　팥은 팥이 되는 일에 교교하게 몰두 중인데요
　불과 흙에서 구워져 나온 돌이면서
　불구죽죽하게 햇볕과 바람과 이슬을 쬐지요
　오래된 맑음을 등지고 잠을 자면서도
　흐린 날이 인도하는 침묵으로 반짝거리지요

　나는 팥 속에 뭐가 있는지도 모르면서
　팥을 솥에 안쳐요
　팥 익는 냄새로 음울함을 난연하게 달래지요
　땅 위에 사는 것들은 팥의 껍질과 붉은빛이
　오장육부의 피를 틔우고 귀신을 쫓는다고 말하죠
　불길한 욕망도 팥빛 앞에서는 낙천적으로 바뀌죠
　　　　　　　　　　　　　　　　　　－「팥」 부분

　다치고 서러운 것들, 직면한 증오와 불운, 불길한 욕망
도 시인의 언어 앞에서는 적명(赤命)으로 바뀐다. 이 또한
환하게 빛나는 붉은 목숨처럼.

3. 시인이 들려주는 에덴동산 이야기

그곳에는 여러 동물들이 산다. 봄눈 바깥으로 흘러넘치는 붉은 목젖으로 녹명을 켜는 마랄사슴. 밤마다 무리 지어 노는 잡귀신을 쫓는 멧돼지. "일곱 가지의 병을 가진 아이를 위해", "이빨과 발톱과 눈동자를 꺼내" 주는 호랑이.(「아무르호랑이의 쓸모」) 붉은빛을 찾고자 달을 삼키는 불개.(「불개」) 사방을 열고 봄볕을 뱉는 일각고래.(「일각고래」) 사랑으로 존속하기 위해 더울 것도 없이 깜박거리는 피를 지닌 채 한데 엉켜 있는 뱀들처럼, 생의 신열을 앓고 있는 온갖 것들이 사는 곳. 시인은 아득한 그 시절, 구전으로만 존재하던 상상 속 동물들을 소환한다.

동물이란 소재와 관련해 어느 에세이에서 시인은 다음과 같이 말한 적이 있다. "나는 오래전부터 순연한 동물이고 싶었다. 그리하여 시를 쓰면서는 어떤 잇속도 없는 동물언어로 세상을 바라보고 싶다. 그렇게 나의 시 쓰기는 사람의 눈이 아니라 동물의 눈과 입과 귀가 되고자 했다. 나는 사람보다 동물의 사회성이 좋다고 생각한다. 어떤 동물들의 특질을 받아들이고 나면 그들의 삶 속에 악이라곤 없었다. 악이 없다고 생각하는 것이 인간의 언어이기 때문에 문제가 되지만, 또 달리 표현할 방도가 없다."[2] "알 것만 같은 세계는 아직 알지 못한 세계라는 미지의 것이지만 어쩌면 알 수도 있다는 희망을 동시에 선사한다. 그래서

포기보다 도전하게 한다"[3]는 의지에서, 시인의 에덴이 탄생한다.

아비는 곰과 사는 것이 해괴한지도 모르면서
사람 냄새, 제 숨결 밴 목덜미를 쓸어내리면서
이 세상 첫 그림자는 무서운 웅녀였다고 생각하면서
혼자서는 미래를 만들 수 없으니, 동굴 하나를 팠다

아비는 얇은 성에가 이슬로 맺히는 동굴에서
온갖 새소리 불러와 웅녀와 사랑을 나눴고
자잘한 아이 둘을 두었다 낮엔 곰,
밤엔 사람 얼굴로 돌아오는 새끼를 위해
몸은 물길 꺾이고 평평해지는 모래밭 세상에서 뛰놀고자
했다
그러나 마음은 그림자 놀이 하던 호시절을 그리워하면서
뒤도 돌아보지 않고 퍼런 물길의 지붕을 밟고 건너고 있
었다

강은 아비의 두 발을 번갈아 들었다 놨다 하면서 흘렀다
목숨은 물을 잔뜩 먹고서야

2) 이병일, 「나는 왜 동물의 언어에 집착하는가?」, 『포에트리 슬램』, 2019년 제
4호, 50쪽.
3) 위의 글, 50쪽.

두 발이 아닌 네 발 그림자로 강줄기를 탔다는 걸 알게
됐다

그때 어미와 나와 동생은 발바닥 핏줄이 몰아가는 데로

죽을힘 다해 물비늘 지붕을 밟아 아비를 쫓아가는데

언젠가 고향으로 돌아갈 거라는 믿음이 찢어지듯

캄캄 깊은 강변으로 떠밀려 와서 처음으로 물숨을 뱉었
다

눈빛이 닿지 않는 곳에서 물새가 휙, 지나가자

우리는 큰곰자리와 작은곰자리로 몸을 바꿨다

그때 아비는 수원(水源)을 끌어와서

해 질 녘의 긴 그림자와 함께 절벽에 얼굴을 긁으면서 죄
를 씻었다

핏덩이로 눈과 귀마저 지우니까 아비는 곰나루의 큰 돌로
굳었다

─「곰나루의 큰 돌」 전문

한 번쯤 들어 봤을 것이다. 옛날 옛적, 자잘한 아이 둘
을 두고 지아비와 함께 사람처럼 살고 싶었던 곰나루의 웅
녀 이야기. 차마 사람이 아니었기에, 웅녀는 곰나루의 강
둑 너머에서 지아비 될 사람을 몇날 며칠 지켜보고 있었
다. 그러던 어느 날, 그녀는 결국 그에게 자신을 무서운
"이 세상 첫 그림자"로 기억하는 날을 만들었다. 그를 자신
의 동굴로 데리고 온 그녀는 그와 함께 "낮엔 곰,/밤엔 사

람 얼굴로 돌아오는" 사람도 곰도 아닌 아이 둘을 두고 살았다. 그러나 인간 세상을 그리워했던 아비는, 어느 날 부인과 아이들을 두고 곰나루의 거센 강줄기를 건너기 시작했다. 그때 어미와 아이들은 죽을 힘 다해 퍼런 물길의 지붕을 밟아 가며 아비를 쫓아가다 "큰곰자리와 작은곰자리로" 몸이 바뀌었고, "아비는 곰나루의 큰 돌로 굳"어 버린다. 여기서 시인은 어미와 함께 아비를 쫓아가는 아이가 된다. 기약 없이 떠돌던 아득한 미지의 구전은, 시인의 언어로 인해 새롭게 재탄생한다.

"나는 동물의 외연에 인간의 생각을 덧입히는 시를 쓰고 싶지 않다. 오로지 동물의 눈으로 이 세상을 바라보고, 동물의 언어로 이 세계를 그리고 싶었다. 하지만 그것은 늘 실패했다. (……) 하지만 이런 시도를 멈출 수가 없다. 그것은 오직 시인으로서의 순연한 욕망이다."[4] 늘 실패할 것임을 알면서도, 어쩌면 알 수도 있다는 시인의 순연한 욕망이, 신비로운 에덴의 세계를 만든다.

4. 녹명(鹿鳴)에서 적명(赤命)으로

사슴의 울음소리를 의미하는 '녹명(鹿鳴)'은 『시경(詩經)』

---

4) 이병일, 앞의 글, 53~54쪽.

의 「소아(小雅)」 74편에서 유래한 말이다. 녹명이 "먹이를 발견한 사슴이 다른 배고픈 사슴을 부르기 위해 내는 울음소리"라는 것에서, 시인은 어릴 적 모내기철의 한 장면을 떠올린다. 새참을 넉넉히 지어 내오신 어머니의 품. 새참 먹고 일하자는 아버지의 정다운 고함에 모심는 사람들뿐만 아니라 근처에서 일하는 사람들까지 서로 모이는 풍경들.[5]

자연 속에서 생명의 첨예한 촉수를 발견하며 그들과 공존하는 법을 배운 시인의 언어는, 어느덧 흙이 가진 빛을 닮아 간다. "흙을 만지고 사는 사람은 낮은 곳을 보고 살아야 한다"는 시인의 말(『아흔아홉개의 빛을 가진』)처럼, 가장 낮은 곳을 보고 살아야지만 흙이 지닌 빛의 언어를 그려 낼 수 있을 것이다. 낮달처럼 죽었다가 다시 태어나는 일처럼, 흙에서 태어나 흙으로 돌아가는, 세상의 모든 그들에 대한 이야기를 시로 들려주는 일.

눈밭을 무릎으로 밟고 넘어서는 마랄사슴의 녹명이 울려 퍼지고 있는 곳. 까마득한 발자국의 거리만큼이나 스스로를 치유할 수 있는 곳. 아흔아홉 개의 빛을 가진 물소리가 있고, 죽은 것들이 되살아나는 곳. 모래알이 휘발되도록 빛을 숨겨 두는 사막이 있고, 소리를 죽이라고 물비늘을 숨겨 둔 강이 있는 곳. 죽은 자와 산 자를 잇는 성문

---

5) 이병일, 앞의 글, 52쪽.

(聲紋)의 발을 달고 오가는 새들이 있는 곳. 아픈 곳을 낮게 해 주는 거대한 신앙이 되어 버린 빛나는 얼음산과, 곰나루의 큰 돌이 되어 버린 아비가 있는 곳. 붉은빛을 찾고자 달을 삼키는 불개와, 사방을 열고 봄볕을 뱉는 일각고래가 있는 곳. 사랑으로 존속하기 위해 더울 것도 없이 깜박거리는 피를 지닌 채 한데 엉켜 있는 뱀들처럼, 생의 신열을 앓는 온갖 것들이 사는 곳.

나의 시가 흙이 가진 빛을 닮고자 하는 시인의 순연한 욕망은, 내가 살고 있는 이곳을 향한 사랑에서 비롯하는 것일지도 모른다. 혹은 나를 포함해 흙에서 태어났기에 언젠가 흙으로 돌아갈 생명의 섭리를 따라가는 것일 수도 있겠다. 시인의 에덴처럼, 실러 또한 "식물과 동물은 인간에게 영원히 가장 소중한 것으로 남아 있는, 인간이 잃어버린 어린 시절을 나타내는 것"이라고 말한 바 있다.[6] 흙이 지닌 빛을 닮고자 하는 시인의 언어는 지금도 아름답게 빛난다. 우리에게 가장 소중한 것으로 남아 있을, 우리의 잃어버린 어린 시절이자 언젠가 돌아가야 할 그곳.

---

6) "식물과 동물은 우리의 옛날 모습, 앞으로 되어야 할 모습이다. 우리는 그들처럼 자연이었으니, 우리의 문화가 우리를 이성과 자유의 길을 통해 자연으로 도로 데려가는 것이 옳다. 식물과 동물은 우리에게 영원히 가장 소중한 것으로 남아 있는, 우리 잃어버린 어린 시절을 나타내는 것이기도 하다. 그래서 그들은 우리를 특별한 우수로 가득 채운다. 동시에 그들은 이상理想에서 우리가 이루는 최고 완성의 표현이다. 그래서 그들은 우리를 숭고한 감동으로 데려간다." 한병철, 안인희 옮김, 『땅의 예찬』, 김영사, 2018, 79쪽, 프리드리히 실러의 말 재인용.

그곳에서 아픈 곳을 낫게 하는 치유의 시는, 어느덧 생의 신열을 앓는 온갖 것들의 붉은 목숨이 되어 가고 있었다. 우리는 기억해야 할 것이다. 빛나는 얼음으로 응결된 치유의 빛이, 생의 신열을 앓는 붉은 목숨으로 녹아내리는 그 순간을. 피가 돌고 숨이 도는 온갖 것들이 뿜어내는 생의 열기로 가득 차 있는 곳. 그곳에서 그들과 영원히 아름답게 빛날 시인의 시를 말이다.

시인수첩 시인선 036

나무는 나무를

ⓒ 이병일, 2020

초판 1쇄 인쇄 2020년 6월 19일
초판 1쇄 발행 2020년 6월 29일

지은이 | 이병일
발행인 | 강봉자·김은경

펴낸곳 | (주)문학수첩
주 소 | 경기도 파주시 문발로 214-12(문발동 511-2) 출판문화단지
전 화 | 031-955-4445(대표번호), 4500(편집부)
팩 스 | 031-955-4455
등 록 | 1991년 11월 27일 제16-482호

홈페이지 | www.moonhak.co.kr
블로그 | blog.naver.com/moonhak91
이메일 | moonhak@moonhak.co.kr

ISBN 978-89-8392-825-2 03810

「이 도서의 국립중앙도서관 출판예정도서목록(CIP)은 서지정보유통지원시스템
홈페이지(http://seoji.nl.go.kr)와 국가자료공동목록시스템(http://www.nl.go.kr/
kolisnet)에서 이용하실 수 있습니다.(CIP제어번호: CIP2020023924)」

이 책은 2017년도 서울문화재단의 문학창작기금을 받아 발간되었습니다.

＊파본은 구매처에서 바꾸어 드립니다.